MW00442628

Pour Tristan et Lucile – M.B.

Pour Spiderman, ma ragnégnée adorée, mon héros préféré – C. N-V.

© Kaléidoscope 2005
Loi n° 49.956 du 16 juillet 1949 sur les publications
destinées à la jeunesse : septembre 2005
Dépôt légal : septembre 2005
Imprimé en Italie

Diffusion l'école des loisirs

www.editions-kaleidoscope.com

Le rendez-vous de la Petite Souris

Texte de **Christine Naumann-Villemin**

Illustrations de **Marianne Barcilon**

kaléidoscope

Le jour où Grizzli, chat de dentiste, perdit une dent, sa première pensée fut :
"Zut ! Ça va pas être pratique pour les os de poulet !"

Mais très vite il se dit : "Chouette ! La Petite Souris va passer !"
Et pas n'importe quelle souris... LA Petite Souris ! Celle dont tous les petits
patients du dentiste parlent à longueur de journée !

Il écrivit donc une lettre :

Madame la petite souris,

Ma dent est tombée.

Tu peux passer s'il te plaît ?

Autre chose : les bonbons,

je pourrais en avoir avec

du lait dedans ?

Je t'attends, souris.

signé :

un chat très gentil,

surtout avec

les souris

Quand la Petite Souris apprit qu'un matou avait perdu une dent et attendait son passage, elle fut outrée : "Non mais, ça va pas la tête ! Il n'est nulle part écrit dans le règlement qu'il faille risquer sa vie dans l'exercice de ses fonctions ! Je suis mère de famille avant tout, j'ai quatre-vingt-deux bouches à nourrir. Ah ça, non ! Je n'irai pas !..."

Elle envoya donc un message à Grizzli,
libellé ainsi :

Monsieur,

Depuis de longues années,
j'apporte des friandises aux
enfants humains.

Après examen de votre dossier,
il s'avère que vous n'êtes pas
un enfant. De plus, les chats
mangent les souris et je ne
suis pas folle.

Par conséquent, je ne peux
accéder à votre demande et
vous prie d'agréer, Monsieur,
mes salutations distinguées,

Léocadie Tagada,
dite « La p'tite souris ».

Le matou, énervé, répondit par retour du courrier.

Madame Léocadie,

Ah bon ? Tu veux pas venir ?
Ce n'est pas juste ! Voilà pourquoi :

1) Tu en connais toi des chats qui ont perdu une dent ? Et bien, c'est parce que je suis le premier. C'est exactement comme pour un enfant humain, tu dois venir et puis c'est tout ...

2) Je ne mange pas de souris, je suis végétarien, promis, juré, craché. Je veux juste des caramels au lait.

3) T'es rien qu'une trouillarde.

Ces arguments firent réfléchir la petite rongeuse.
Après avoir longuement hésité,
elle lui envoya
un mot :

Monsieur,

Ma conscience professionnelle m'impose de vous accorder le service auquel vous avez droit, à savoir des friandises en échange de votre dent.

Néanmoins, et bien qu'étant une grande sportive, je n'aime pas courir de risques inconsidérés.

Aussi il n'est pas question que je sois mastiquée par vos quenottes restantes.

Je vous propose donc de procéder à un échange en terrain neutre et sécurisé, à savoir le cabinet dentaire.

Monsieur le chat
3, impasse de la
griffe pointue

Voici le programme :

1) A 23h45, vous avancerez jusqu'au milieu de la pièce, les oreilles baissées et les griffes rentrées.

2) Arrivé sous la table, vous poserez votre molaire et ferez demi-tour...

3) Je procèderai alors, après vérification de l'authenticité de votre dent, à la distribution de bonbons.

Salutations,
Léocadie Tagada, dite la Petite Souris

P.S. C'est ça ou rien. Et surtout, pas de geste brusque.

À 23 h 45 donc, Grizzli se tenait près de l'appareil à gratouiller.
Léocadie était à l'opposé, sous le bidule à cracher.
Le chat fit cinq pas en avant, déposa sa dent
et repartit dans l'autre direction.

Léocadie avança prudemment.

Soudain, blam ! La porte du cabinet s'ouvrit. Ziiiiip ! La souris fila
dans un trou... Ffffffffuit ! Le chat se cacha derrière la poubelle...
"Ah ! Te voilà, mon gros matou ! Je te cherchais partout,
mon beau Minouchonchounet ! Viens dans les bras de ta maman !
Que fais-tu ici tout seul, à cette heure ? Viens, on rentre à la maison !"

Hé! Pourquoi tu t'es sauvée,
elle mord pas la dentiste!
    Enfin, bon, comme c'est
pas de ma faute,
   tu peux me donner
quand-même mes bonbecs?
  Quand?
Ce soir?

Ce coup ci, on ne sera pas
dérangés, la dentiste est
à son cours de coloriage.
Alors je t'attends.

  signé : un chat impatient.

P.S : t'as vu, je t'ai pas boulottée!

Ce à quoi la Petite Souris répondit :

Monsieur,

Je n'ai qu'une parole :
ayant accepté de passer un
accord avec vous, je dois
vous accorder une deuxième
chance.
Cordialement

Léocadie Tagada, la souris
qui dit ce qu'elle fait et
qui fait ce qu'elle dit.

Le lendemain soir, rebelote ! Grizzli posa sa dent sur le sol
et recula lentement.
Soudain, MIAOU ! Il se jeta sur la Petite Souris et,
ZOUIP, l'engloutit !

Léocadie rentra aussitôt prendre un bain.

"Mes enfants, vous serez heureux d'apprendre que
j'ai finalement réussi à terminer les pots de moutarde
et de piment de Cayenne que l'oncle Anastase
nous a rapportés de son voyage...
Du calme, mes chéris, sinon pas de caramels !"

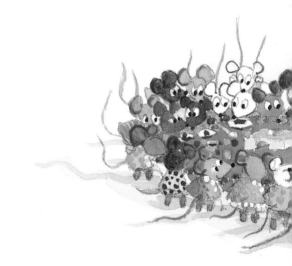

Le Quotidien du dentiste

Pour collectionneurs : Superbe chat de race (gouttière tigré) échangerait molaire, excellent état, contre caramels mous ou steak de souris (surgelés et conserves acceptés).

Mariage hebdo

Très beau chat, grand (54 cm),
yeux clairs, bonne situation,
non fumeur, excellent chasseur
de souris cherche chatte,
âge indifférent, physique
indifférent, situation
indifférente,
excellente chasseuse de souris
également, pour amitié, et
mariage
si elle chope la petite souris.

La Gazette de Souricette

Chat végétarien offre magnifique
dent (très peu servi) à souris acceptant un
rendez-vous.

Annonce sérieuse

Le journal du chasseur

Chat recherche piège à rats en
bon état, pas cher, ou fusil
haute précision.
Même d'occasion.

L'hebdo du matou

Chat souhaite
rencontrer chat ayant
déjà mangé une souris
pour amitié et
conseils.

POESIE MAGAZINE

Ô combien j'ai rêvé
Dans ma jeunesse passée
De pouvoir l'attraper,
Et avec moult délices, la croquer.
G.